小学館文庫

旅ドロップ

江國香織

小学館

旅ドロップ——目次

旅ドロップ

旅ドロップ

〈プロローグ〉

詩三篇

夜の新幹線はさびしい

夜の新幹線はさびしい
一人で乗っているからさびしい
窓に車内が映るからさびしい
みんな疲れて寝ているのもさびしい
物売りのワゴンが遠慮がちに通るのもさびしい
ちゃんと仕事をして
ちゃんと切符の手配もして
ちゃんとおべんとうを買って

ちゃんとビールだって買って
ジュージツした人生なんです
ケッコウ忙しくて
エエ、旅は大好き
でも　夜の新幹線はさびしい
コウコウとあかるすぎるからさびしい

軽く

飛行機に乗って
彼女に会いに行こう
電車で来たみたいな顔で
荷物もなしで
だって門や戸や壁や屋根にくらべたら
海や山は誰も隔てない
飛行機に乗って
彼女に会いに行こう

歩いて来たみたいな顔で
荷物もなしで
空港におり立ったら「イージー」って言おう
口々に
軽く

ウィンダ

ウィンダ　という名のぬいぐるみを
妹が長距離バスの運転手に買わせたのは
イギリスの田舎町でだった
みぞれの降る
暗く寒い日だった

買わせた　というのは適切でないかもしれない
ノー！　ノー！

遠慮というより驚愕の表情で
語気強く妹は言い
半ば怯《おび》えた顔をして
首を横にふったのだから

運転手はしかしそれを買い
ギフトだ　と言った
たのしげに　満足気に
バスのなかで
妹はそれをにぎりしめていた
憮然として
途方に暮れて

ぬいぐるみはペンギンのかたちで
毒々しく赤いくちばしを持っていた
冬の初めで　窓の外は荒涼として
なにもかも濡れそぼっていた

ともかく
あのとき長距離バスの運転手に
あんなにも強引に贈り物を贈る気をおこさせた妹の実力に
わたしは感心したのだったが
ほんとうに感心すべきなのは
あれから十数年たったいまでも

まるきりおなじ困惑顔のまま
憮然として
途方に暮れて
それでもちゃんとそれを所有している妹の潔《いさぎよ》さだ
ウィンダ　と　名前までつけて

旅ドロップ

1

心が強くなる歌

あの町この町日が暮れる、日が暮れる、いま来たこの道、帰りゃんせ、帰りゃんせ、という歌詞の童謡がある（作詞・野口雨情、作曲・中山晋平）。子供のころに持っていた絵本のその歌の頁には、夕方のつめたそうな青い空気を背景に、三、四人の子供が丘の野道を歩いている、武井武雄《たけいたけお》の絵がついていた。丘の下方には町があり、家々の窓にあかりが灯っている。

子供のころ、私はその歌がこわかった。言葉の響きと絵の雰囲気から、〝帰りゃんせ〟を、〝帰らないぞ〟という意味だとばかり思い込んでいたのだ。歌詞はこう続く。お家がだんだん遠くなる、遠くなる、いま来たこの道、帰りゃんせ、帰りゃんせ。

この子たちは一体どこに行くんだろう、お家が遠くなるのに、もう夜になるのに。そう思って、他人事《ひとごと》ながら心配した。なんとなく、ハメルンの笛吹きを連想したりもしていた。あれは、子供たちがなぜだかみんな笛吹きについて行ってしまい、町からいなくなる話だった。

こわかったくせに、〝帰りゃんせ〟を〝帰らないぞ〟という決意表明だと誤解したまま、私はよくこの歌を口ずさんだ。そうすると、寄るべなさと心細さの向うから、それでも行かなくてはならないのだ、というような、理由のわからない決意と勇気が湧いてくるのだった。

大人になって、あれが〝帰りましょう〟という歌だということを知ったのだが、時すでに遅しだった。依然として、私にとってこの歌は、子供たちが家を捨てる歌だ。いったん強く刻まれてしまった印象は消えない。

旅が好きで、旅の多い生活をしているくせに根が臆病な私は、旅にでる直前の空港や駅のホームで、あるいは旅先のホテルの部屋で、自分を奮い立たせ、勇気づけるために、いまもときどきこの歌を口ずさむ。もちろん、旅である以上いずれ帰るのだし、それはわかっているのだが、それでもなお、旅にでるためにはどうしても、いったん家を〝捨てる〟必要がある。ひき返すものか、と自分で自分を鼓舞するとき、子供のころに見た絵本のなかの、つめたそうな青い空気と丘の下方の町のあかりが私のなかに蘇《よみがえ》り、失うものを持っていなかったあのころの、不穏な身軽さと野蛮な勇気も蘇る。

旅にでるとき、私はいつも、ちっぽけな子供に戻ってしまう気がする。

旅ドロップ

2

大分の緑とバードマン

何年か前に、ピアニストの園田涼《そのだりよう》さんと大分に行った。そこでひらかれるイヴェントに呼んでいただいたからで、園田さんがピアノを弾き、私は詩を朗読した。園田さんのピアノの音色は明晰で美しく、言葉にすうっと寄り添うことも、透明度高くあたりを満たすことも自在で、おなじ舞台に立っていると、全身を音楽が通り抜けていくような気がした。

新緑のころで、会場は山のなかにあり、一歩おもてにでると、したたるような緑が目に収まりきれないほどだった。風が吹くと、木々の葉がいっせいに——でも、どういう加減か様々な方向に——揺れ、濡れたみたいな空気は澄みきっていた。あまりにも気持ちがよかったので、私は下駄を買った。一応舞台にあがり、人前にでるのだからと思って、ヒールのある靴をはいていたのだが、もっと土に馴染むものをはきたくなったのだ。そのくらい、山の緑は美しく、解放感に溢れていた。たぶん解放されすぎたのだろう、仕事が終ると、私は自分でもなぜそんなことをしたのか、いまだにわからないことをした。会場の近くの遊園地に行ったのだ。

遊園地――。普段アウトドアレジャーと無縁の（というか、夜にしか出歩かない）生活をしていて、子供もいない私にとって、そこは外国より遠い非日常の空間で、何もかもが新奇で物珍しかった。それで、〝バードマン〟という乗り物に、自ら志願して乗ってしまった。乗り物という表現は正しくない。だって、それはクレーンだった。身体に直接ベルト的な装具をつけ、高々と吊り上げられたあげく、こちらからあちらへ、あちらからこちらへ、ぐわーん、ぐわーんと揺らされる。恐怖のあまり、私の思考は完全に停止した。声ひとつ立てられなかった。息もできなかった気がするのだが、それでは死んでしまうから、たぶん（ときどき、すこしは）していたのだろう。下で見ていた人たちは、私が「空中で失神したかと思った」そうだ。それはまったく、五十女が乗るようにはできていないものだった。地上に降ろされたあとも、私は茫然自失状態だった。

何度考えても、あれは常軌を逸したことだった。仕事の旅だったのに〝バードマン〟……思いだすと恥かしい。でも、なんだか笑ってしまう記憶でもある。

下駄はいまも気に入っている（鼻緒は赤で、本体は木目を生かした茶色いニス塗り）。郵便物を取りに玄関先にでるときや、植木に水をやるときにつっかけて、そのたびにあの大分の緑と、茫然自失を思い出す。

旅ドロップ

3

地理の勉強のこと

私は地理に疎《うと》い。パタゴニアがどこにあるのかわからないままブルース・チャトウィンを読み、ドミニカ共和国がどこにあるのかわからないまま、ジュノ・ディアスを読んできた。会話のなかで誰かが「アゼルバイジャンが」と言えば、それがどこにあるのかわからないまま、話の続きを聞いた。これではいかん、と去年突然反省し、地理の勉強をしようと決心した。

テキストとして、「MAPS」(アレクサンドラ・ミジェリンスカ&ダニエル・ミジェリンスキ作)という絵本を選んでみた。子供向けの絵本と侮《あなど》ることなかれ、これがすばらしいのだ。眺めているだけで楽しく、非常にわかりやすい。おかげで、勉強を始めてまだ三か月だが、かなりいろいろなことがわかってきた。たとえば——。

＊世界には大陸が七つある。

＊その七大陸に、南極は含まれるが北極は含まれない（地面が氷だからか？）

これは私が実際にノートに書いた文章で、そこからですか？と呆れられるに違いないのだが、はい、そこからなのでした。ああ、かつての先生たちに申し訳ない。

ともかくそんなありさまなので、絵本をひらくたびに、ほう、とか、あらまあ、とか、日々驚きの連続。フランスとスペインのあいだにアンドラという国があることも（首都はアンドラ・ラ・ベリャ！）、イタリア半島に、バチカン市国以外にもう一つ、サンマリノという独立国があることも（首都はサンマリノ！）、はじめて知った。パタゴニアとドミニカ共和国とアゼルバイジャンの位置も、いまはちゃんと知っている。が、それだけではすまなかった。

なにしろテキストが絵本なので、普通の地図には載っていないもの――そこに生息している動植物や、その国の人々の食事、名物、民族衣装や名所旧跡の絵――がたくさん載っていて、私の目は釘づけになり、私の脳は地名以上にそれらを吸収してしまった。エジプトには「フールメダメス」という料理があり、それは「豆、オリーブオイル、タマネギ、ニンニクをレモン汁で煮込んだ」ものらしい。ポーランドのヴィサ・グーラ山は、「昔、魔女集会があったといわれる山」だそうだ。アイスランドには、三十メートルも噴きあがる温泉があるという。見たい！　行きたい！　食べたい！

地理の勉強をすると、旅にでたくなるのだった。

旅ドロップ

4

パリの地下鉄と真理ちゃんの声

真理ちゃんと私は中学校で出会った。小説や映画の話で気が合って、どちらも小説や映画にでてくる外国に憧れ、いつか一緒に世界じゅうを旅しようねと約束し合った。

二十歳になるとすぐに、互いにアルバイトをしてお金をつくり、約束通りに幾つかの旅をした。勿論〝世界じゅう〟というわけにはいかなかったけれども。

パリはどちらにとっても憧れの地の一つだったが、二人で初めてそこに行ったとき、旅はかなり悲惨だった。いまと違って、街なかで英語を話す人はすくなかったし、その英語すら十分には話せない東洋人の娘二人は、どこに行っても冷淡にあしらわれた。いま考えればわかるのだが、私たちはあきらかに実力不足だった。知識も語学力も自信も（ついでにお金も）ないばかりか、理不尽な対応をされたときに、きちんと抗議する術《すべ》も意識もなかった。パリは大人の街で、それらを持たない――従って一人前の大人とは認められない――人間にはつめたい。

カフェに入ってもギャルソンが席に案内してくれなかったり、六軒のホテルに断られたり（おかげで〝満室《コンプレ》〟という言葉は覚えた）するたびに、私たちは憤慨しつつもじわじわと疲弊し、憂鬱になった。地下鉄一つ乗るのにさえ、毎回とても労力が要った。何しろ、当時は窓口の係員と押し問答しなければ切符が買えなかったし、案内板などという親切なものはなく、街を知らない人間は、駅構内でも右往左往する羽目になった。構内は薄暗く、汚く、ホームレスの人たちが放つ臭気が充満していたし、必ず、どこからともなく物乞いが現れた。ようやく電車に乗れば乗ったで、車内でジプシーの子供たちに囲まれ、財布を盗まれそうになったりした。

そういうすべてに怖気《おじけ》づいた私は、あるとき真理ちゃんに、多少お金はかかっても、タクシーに乗ろうと提案してみた。すると、真理ちゃんはこう言った。「私たち、東京ガールなのよ？　東京の、あの複雑な地下鉄を日々乗りこなしているんだから、パリの、こんな地下鉄はへっちゃらよ。お茶の子さいさいだわ。恐るるに足りない！」

あれから三十年がたち、多くの国の地下鉄が、あのころよりずっと安全で快適になったし、私も、外国に行っても無闇に怯《ひる》まずに済む程度には大人になった。が、海外で地下鉄に乗るとき、私はいまでもあの言葉と、真理ちゃんの声を思い出す。

旅ドロップ

5

バターパンのこと

バターというものが好きで、トーストにもフランスパンにもハムサンドにもホットケーキにも、たっぷりつけてたべる（つめたい状態のバターが好きなので、ホットケーキの場合、上にはのせない。一口ごとに、新鮮なバターをつけつつたべる。トーストの場合も然り）。

バターはシンプルで、懐《ふところ》が深い。なめらかで、物静かで、控えめだ。ひんやりとつめたく、清潔な味がする。私は生クリームのケーキよりもバタークリームのケーキの方が好きだし、ピーナツバターもバタースコッチもバターピーカンアイスクリームも、ホットバタードラムも大好きだ。バターナッツという南瓜《かぼちゃ》があり、それは単にその南瓜の名前であって、バターとは関係がないと知っているのに、名前の響きに抗《あらが》えず、レストランのメニューにあると、つい注文してしまう。

そんなふうなので、あるとき友人に、小倉に〝バターパン〟というものがあると聞いたときには興奮した。だって、バタートーストでもバターロールでもなく、バターパン！　バターと名のつく、未知のもの――。

友人によれば、一個七十円だという。七十円！　私は、その値段にも説明のつかない手応えを感じた。安いからいいとか嬉しいとかではなく、なんというか、七十円という値段には、まっとうさと堅実さ、それに風通しのよさのようなものがあると思った。

ちょうど、そのすぐあとに、福岡で公開対談をする予定があった。バターパンを買いに行くチャンスだと、私は喜び勇んだ。

が――。台風が九州を直撃し、直前にそのイヴェントが中止になってしまった。当日、飛行機が飛ばないかもしれないし、会場に来てくださるお客様の安全も考慮して、とのことだったので、イヴェントの中止は仕方がないが、そうなると、バターパンが買えない。私は悄気《しよげ》た。次にいつ九州に行かれるかわからないのだ。そして、ふいに気づいた。もし飛行機がとばなくても、新幹線がある！

もともと予定はあけてあったので、私はでかけた。途中、車窓から見た京都も大阪も土砂降りだったのに、九州に入ると雨は上がっていて、小倉についたときには薄日さえ差しており、私はバターパンと自分が祝福されているように感じた。

それは、とても可憐なものだった。丸い小さい可憐なものが、トレイにぎっしりならんでいた。雨上がりの小倉で頬張ったそれは、やわらかくて甘く、どこかなつかしい味がした。

旅ドロップ

6

かわいそうなつばめ

オスカー・ワイルドの「幸福な王子」は、胸がつぶれそうにかなしい物語だ。子供のころは、そのかなしみがあまりにも鮮烈で、どう対処していいのかわからず、気持ちをかき乱されながらも物語から目を離せず、息をつめて読んだ。何がそれほどかなしかったかといえば、それはもう圧倒的につばめで、主人公の王子（全身を金箔《きんぱく》や宝石で飾られた、みんなが誇りに思っている美しい立像。国民が貧しい暮しをしていることに胸を痛め、つばめに頼んで自分の金箔や宝石を人々に届ける）の皮肉な末路（こんなにみすぼらしくなってしまった立像はもういらないと言われ、溶鉱炉で溶かされる）にはあまり同情しなかった。不思議なことに心臓だけは溶けませんでした、という結末で、王子の魂の不滅性がわかって安心したからかもしれないが、そんなことよりつばめだ。もう南の国に行かなくてはならないと何度も訴えているのに、王子の頼みによって、一日また一日と出発が遅れ、ついには凍死してしまうあのつばめ——。

王子の善意や献身はたしかに美しいので、子供のころに読んだときには怒りのやり場がなく、それがせつなさや理不尽さというものへの理解にもつながったとは思うのだが、いまの私ははっきり言いたい。あれは王子が悪い、と。だって、つばめは生れながらの旅人なのだ。生れながらの旅人から、旅を奪ってはいけない。それはほんとうに残酷なことだ。

その点、「おやゆびひめ」は立派だ。アンデルセンの書いたこの物語の女主人公は、仲間とはぐれ、病に倒れて出発の遅れたつばめを看病したあと、自分にとってたった一人の友達であり、理解者でもあるそのつばめを、自分とおなじ〝囚われの身〟にはさせず、ちゃんと旅立たせる。

旅立とうとしている者をひきとめてはいけない、という信念（？）のようなものが私にはあるのだが、もしかすると、それはこの二つの物語からきているのかもしれない。

しかし、つばめというのは物語のなかで、なぜこうもつらい目にばかり遭わされるのだろう。というのは、「おやゆびひめ」のつばめは、翌年戻ってきておやゆびひめを窮地から救い、一緒に南の国に飛ぶのだが、そこで彼女に、実質的にはプロポーズと言える質問をし、気の毒にもふられるのだ。私は憤慨せずにいられない。おやゆびひめの、この判断はどうなのか——。凍死こそしないものの、このつばめもやっぱりかなしいのだった。

旅ドロップ

7

日帰り旅行の距離と時間

日帰り旅行を定義するのは難しい。日帰り旅行と一日がかりの行楽と、どう違うのだろうか。たとえば遊園地なり水族館なりに、一日がかりででかけた場合、日帰り旅行をしたと言えないこともないだろうが、言わない気がする。でも川や山にでかけ、足先を水にひたしたり、木々を眺めて風の音を聞いたりすれば、それは日帰り旅行と呼ばざるを得ず、ひょっとすると自然に触れることが大事なのだろうかと考えてもみるが、いくら自然に触れたところで、近所の公園にでかけただけでは旅行とは呼べない。距離だろうか。それとも外出している時間？　だとしたら、どのくらいの距離と時間ならいいのだろう。

新幹線や飛行機を使って移動すれば距離は十分なはずだが、では出張でもいいかといえば、たぶん、よくない。出張という言葉には日常感があり、旅行という言葉には非日常感があって、その二つは相容《あいい》れない。おなじ旅でも、日帰り出張と日帰り旅行は別種のものだ。気分にも語感にも隔たりがある。

私自身は、たとえば子供のころに住んでいた街にひさしぶりに行ったとき、日帰り旅行をしたと思った。ものすごく遠いところに来た気がしたし、ほとんど別の時代に迷い込んでしまったかのようで、自分を侵入者で異物だと感じた。でもあの場所は、距離で言えばかなり近い（おなじ世田谷区内だ）し、外出していた時間も、せいぜい四時間くらいだ。

あるいはまた、おなじ東京都内の、葛飾《かつしか》区の立石《たていし》というところに行ったときにも、日帰り旅行をしたと思った。その街に、夕方三時か四時からあいていて、ほんの数時間で閉店してしまう鶏の素揚げ屋さんがあると聞いてでかけたのだが、寅さん映画の舞台として有名な葛飾区に行くのもはじめてなら、京成線という電車に乗るのもはじめてだった。知らない街の知らない店で、あかるいうちからビールをのみ、ぱりぱりに揚がった素揚げをたべながら、自分がそこにいることが不思議だった。店をでてもまだあかるく、街の風景にも走っているバスの色にも馴染みがなく、バスに前の扉から乗るのか後ろの扉から乗るのか、料金を最初に払うのか降りるときに払うのかもわからないまま、でも、ちょうど来たので乗ってみたりした。移動の距離とも時間の長さとも関係なく、あれはたしかに旅だった。

日帰り旅行に必要な距離と時間は、伸縮自在なのかもしれない。

旅ドロップ

8

最初に行く店のこと

ニューヨークには、いつも朝早くに着く。空港からおもてに一歩でたときの、冬なら冬のひきしまった、夏なら夏のまぶしい、朝の空気を吸い込むときのうれしさは格別で、タクシーでマンハッタンに入り、ホテルに荷物を預けてもまだ午前十時前で、多くの店も美術館もあいていないその時間に、私は決って一軒のパブに行く。そこはあいているのだ。季節を問わず薄暗く（でも晴れていれば、もちろん窓の外はあかるく）、すでに必ず何人かの常連客がいて、男性は野球帽をかぶり、女性は派手な色柄のワンピースなどを着て、新聞を読んだりバーテンダーと喋ったり、朝食と呼ぶには重いもの――大きなハンバーガーやフレンチフライ、ボウル入りのスープやフィッシュアンドチップス――を、黙々とたべたりしている。店内には幾つかのテレビ画面があり、いつのものだかわからないアイスホッケーやフットボールの試合が映っている。私はそこで、大好きなビールをのむ。一杯か二杯。

ソウルに着くのはたいていお昼で、私はまずまっ先に栄養センターに行く。参鶏湯《サムゲタン》の専門店で、繁華街のなかにある。ファストフード店ぽくあかるい造りの店で、風情のないところが逆に風情を感じさせ、ああソウルに来たなあと思う。おばさんばかりが働いている。そして、ここの参鶏湯は、ほんとうに細胞にしみわたる味がする。

福岡に着く時間はそのときどきでまちまちだが、何時に着こうと私はまず、かろのうろんという店に行く。一歩入るとお出汁《だし》のいい匂いがして、途端に私の身体はその街に馴染む。壁際に、昆布が積んで売られている。ここのうどんは、私にとって理想のうどんだ。ごぼ天にするかきつねにするか、毎回本気で迷う。

ニューヨークにもソウルにも福岡にも、好きなお店はいろいろある。でも、旅先で、最初に行く店が決っているのはうれしいことだ。そこに行くと、あれ、またここにいる、と感じる。たとえ一年ぶりだったとしても、その一年間は消えてなくなり、前回の旅と今回の旅がつながってしまう。帰ってきたというよりも、もう一人の自分がずっとここにいて、いまばったり再会し、ようやく元に戻ったというような。それはとても自由な気持ちだ。しかも今回の旅は始まったばかり。

最初の店にいるときの、心愉しさは無敵だ。

旅ドロップ

9

思い出の富士山

父亡きあと、母が淋しそうだったので、私と妹は母を旅行に誘った。うれしい、うれしい、行きましょう、と母はこたえたのだが、それからが大変だった。ヨーロッパに行きたいと言ったかと思えば、この寒い時期にわざわざ寒い場所に行く必要はないでしょうと言い、近いところがいいと言うので近い国を提案すると、近場で済ませようとしているのね、と言って傷ついた顔をした。おまけに、七十代になっていた母には、体調が悪いから、いまはどこへも行きたくない、と宣言するという切り札もあったため、私と妹はそのたびに予定を変更し、予約したホテルや飛行機をキャンセルした。

ようやく（とうとう、ついに、ほんとうに）旅が実現したときには、最初の予定から一年以上が過ぎていた。行き先をプーケットにしたのは母が象に乗りたいと言ったからで、でも、すでにだいぶ足腰が弱り、手すりか人につかまらないと階段も難しい状態の母に、ほんとうにそれができるのかどうか、というより、そんなことをさせていいのかどうか、わからなかった。が、実際に行ってみると、母は海でもプールでも、私より妹よりずっと上手く泳ぎ、象にも、私より妹よりずっと悠々と乗った。象の背中は思いのほか高く、毛は思いのほか硬く、くくりつけられた木製の椅子は不安定で、揺れも大きかったのに、顔がひきつったのも悲鳴をあげたのも私と妹だけで、母はにこにこしていた。のみならず、馬にも乗りたいと言いだし、ほんとうに乗った。

初日の夜に、数種類ある現地のビールを全部（すこしずつ。残りは私にまわってくる）試した母は、どれも甘すぎると言い、「キリンはないの？　アサヒは？　サッポロは？」と日本語でつめよって、ウェイターを困惑させた（食事が終るころには、でもなぜかすっかり仲良くなっていた）。

ひやひやはらはらさせられどおしの旅ではあったが、象その他、母の希望をとりあえず（日本産のビール以外）叶えることができて、やれよかった、と思いながら帰国した。

「あの旅でいちばんよかったのは、往きの飛行機の窓から見えた富士山ね」

後日、母がそう言っていたと妹から聞いたとき、私は意表をつかれた。ええ？　そうなの？　象は？　馬は？　海は？　星空は？

その母もいなくなったいま、富士山をあの旅のいちばんの思い出にした母が、私と妹の、あの旅のいちばんの思い出になった。

旅ドロップ

10

平安時代の旅

すこし前に「更級日記」の現代語訳をしたのだが、そのとき何に驚いたかといえば、平安時代の人々の旅のしかただった。それはもう、すばらしくワイルド。

何しろ上流階級の人々であるから、お伴を大勢ひき連れてでかけるのだが、大勢すぎて、途中で病気になったり出産したり、いなくなったりする人もでる。それでも旅は続く。馬に乗っている人も牛車《ぎっしゃ》に乗っている人も徒歩の人もいて、みんなで一緒に進んでいく。何日も何週間も、ひたすら。お伴のなかには大工的な人々もいて、暗くなったら仮小屋を建てる。いまで言うテントのようなものだろうが、旅のあいだ、ずっと建てたり壊したりし続けるのだからすごい。さらにすごいのは、足場が悪いとか物騒な土地だとかの理由で仮小屋を建てる場所が見つからないときで、知らない人の家に突然おしかけて泊らせてもらう(!)のだ。むさくるしい家しかなくて困りましたね、とか言いながら、家来が民家を物色する。泥棒の家かもしれないから荷物に気をつけてください、と言ったりもする。いきなりおしかけて泊めてもらうのに、それは失礼だろうと思うけれど、泊る方もいろいろ不安だったに違いない。

旅の目的は、一応神仏参りだったりするのだが、実質的には断然風景を見ることで、いい景色を眺める、ということへの彼らの憧憬と情熱と偏愛ぶりは、ただごとではない。逆に、景色が悪いと途端に興ざめする。その姿勢は徹底していて、日常生活のなかでも、何より景色に心をふるわせ、桜が散ってしまっただけで大泣きしたりする。刹那的な人々なのだ、シュールなまでに〝いま〟を生きている。お客様が帰ったときにもよく泣くのだが、考えてみればそれも道理で、物理的に離れれば、もう二度と会えないかもしれないのだ。連絡手段が皆無（手紙はあったが、郵便システムはもちろんないので、直接届けに行くしかない）だった上、〝方違《かたたが》え〟の習慣があり、みんなしょっちゅう引越しをしていたらしいのだから、行方不明や音信不通も日常茶飯事だったと思われる。

おもしろいのは、家や土地やお墓には執着を持たなかったらしいことで、季節同様、移ろうのが基本の、人生そのものが旅みたいな人たちなのだ。フアンキーでグルーヴィーだ。そういう人たちが祖先だったのだと思うと、なんだかうれしい。

旅ドロップ

11

はみだす空気

ラジオについて考えている。ラジオというものの持つ、圧倒的な〝はみだし力〟について。

一年前にインターネットラジオを買った。年若い友人が設置してくれたのだが、そのラジオにはスイッチがなく、手で、本体にぽんと触ると音がでてくる。音を止めたいときにもおなじ動作をする。

海外の放送が聴けるこのラジオは、私のようなアナログ人間にとって、まるでアラジンの魔法のランプ、空飛ぶじゅうたん、おかみさんの願いを叶えてくれる、グリム童話にでてくるヒラメ。

なにしろ空気がはみだしてくるのだ。北欧の局の番組を流せば、部屋の空気がたちまち北欧みたいになり、アメリカの局の番組を流せば、俄然そこはアメリカになる。おもしろい。どの局を選ぶかによって、自分の部屋が中国になったりスペインになったり、（もちろん日本の局も入るので）湘南になったりする。移動なしで旅先にいるみたいなものだ。

これは、ラジオだからこそできることで、たとえばテレビで紀行番組を観たとして、画面に北欧やアメリカや中国やスペインの、街なみや自然や人々が映っていても、そのテレビのある部屋がその国になったような気はしない。外国の空気は四角い画面のなか、ブラウン管の向うのどこか遠くにあるのであって、こちら側にはみだして来たりしない。

音は融通無碍《ゆうずうむげ》だ。目に見えないから、部屋じゅうに漂う。そこらじゅうを満たす。

いちばんよく聴くのは、二十四時間休みなくニュースを流しているニューヨークの局で、それを聴いていれば多少は英語力がつくかも、という淡い期待も最初はあったのだが、覚えてしまうのはＣＭのフリーダイヤルの番号とか、〝テンテンウィンズ〟という、歌うような発音でくり返される局名ばかりで、役には立たない。でも、たのしい。生放送なので、当然ながら時差があり、たとえば夕方に聴くと、アナウンサーがグッドモーニングと言う。そこは早朝なのだ。そして、その時差が余計に臨場感を高める。これは本当に〝いま〟であり、早朝のそこにいる人たちがいま聴いている番組を、夕方のここにいる私もいま聴いているのだ。天気予報、交通情報、コマーシャル、登場する人の声が変るたびにくり返されるグッドモーニング。自分があかるい台所にいて、コーヒーの匂いまでしてくるような錯覚をおこす。これはもう居ながらの旅、ドラえもんのどこでもドアではないだろうか。

旅ドロップ

12

逆転現象のこと

二十代のころ、一人で旅のできる人に憧れて何度か一人旅をした。でも意気地なしだったので、一人でレストランに入るのは心細く、食事はデリやカフェ、ときにはスーパーマーケットで買ったもので済ませていた。パンとかハムとか、果物とかトマトとか。

最近は一人旅をしていない——仕事の旅ばかりしているせいで、そういう旅は、たとえ一人ででかけても、駅や空港やホテルで案内役の人が待っていてくれる。そして、食事のたびにおいしいお店に連れて行ってくれる——が、たまに現地で一人になる日があっても、もう昔のように心細くはなく、レストランにでもバーにでも一人で入ることができる。よし、いいぞ、大人になった、と悦に入りたいところなのだが、奇妙な逆転現象が起きていることに気づいた。今度は、なんとデリやカフェに入るのに気後《きおく》れするようになってしまったのだ。

まず、作法がわからない。セルフサービスなのか、店員さんが来てくれるのか。どのタイミングでお金を払えばいいのか。アサイーとは何か、キヌアとは何か、コールドプレスジュースとは何か。トールとグランデはどちらが大きいのか、エナジードリンクとパワードリンクはどう違うのか。

また、水やコーヒーを自分で注ぐ機械が置いてある場合、その操作は決って私の予想を超えて難しい。

これは旅先に限ったことではない。気がつけば私は日常生活のなかでも、ある種の――というのはあかるすぎる、健康志向すぎる、新機軸すぎる、注文のしかたが複雑すぎる――店をおそれるようになった。身の置きどころがないように感じる。そういう場所で慣れたふうにふるまうのは気恥かしい

（もちろん慣れていないのだから、そんな心配は百年早いのだろうが、私はあと百年も生きない）。

さらに、大きさの問題もある。そういう店の飲みものや食べものは、たいてい大きすぎるのだ。クリームやフルーツがあふれんばかりにのった、美しいパンケーキなどが目の前に置かれると、私はたちまち困って恥入ってしまう（でも、どうしてだろう。たとえば、片手では持てないほど大きくて重いビールジョッキを目の前に置かれても、怯《ひる》んだりしないのに）。

昔なら、新しげなデリやカフェには安心して入れただろう。そして、老舗《しにせ》のレストランやバーには緊張して入れなかった。いつ逆転したのか、謎である。

旅ドロップ

13

死者の家

去年、鹿児島で出会ったある女性が、よその土地に行くとお墓が地味でびっくりする、と言った。そばにいた別の女性も、そうそう、と烈しく同意し、鹿児島の墓地は、いつ行っても色が爆発したみたいに派手なのだと教えてくれた。それは誰も花を絶やさないからで、しかも、よそのお墓の花よりも立派な花を供えなくてはいけないと教えられて(?)いて、だからおのずと派手さを競い合うようなことになるらしい。

花を供えるのはたいてい長男の妻の役目で、その人はなかなか旅行もできないと聞くと、驚くやら敬服するやら怯《おび》えるやらで私の心は千々《ちぢ》に乱れたのだが、それはそれとして、溢れんばかりに花の咲いた墓地というのは見てみたい、と思った。

きっといい匂いがするだろう。蜜を求めて蝶々がくるかもしれない。蜜蜂も。蜂の羽音はその場所で、きっとのどかに響くだろう。鹿児島の日ざしは強いから、赤や黄色やピンクやオレンジといった、あかるい色が映えるだろう。でも、なかには白い花だけを供える人や、青から紫にかけての、色調を揃えた花だけを選ぶ人もいるはずで、それもまたきっと、ひんやりと美しいに違いない。

そういえば、もう随分前のことだが、ブエノスアイレスに行ったとき、私は墓地が気に入って、何度も散歩にでかけた。〝エヴィータ〟で有名なエヴァ・ペロンのお墓もあるその墓地は、街のはずれにひっそりとあり、あかるく開放的な空間で、散歩にぴったりだったのだ。子供たちがかくれんぼをしたり、墓石にすわって(!)本を読んだりもしていた。あちこちでのら猫がくつろいでもいた。そこにあるお墓はお墓というよりある種の建物で、門があったり窓がついていたりし、窓からなかをのぞくとそこは小部屋で、棺《ひつぎ》のほかに椅子が置いてあったりした。死者に会いにきた人が、そこにすわってゆっくり時間をすごせるように。死者の彫像が立っていたり、その彫像が犬を連れていたり（きっと愛犬家だったのだろう）、小部屋にピアノが置かれていたりするので、見て歩くうちに、そこに眠っている人たちが生前どんなふうだったかが、なんとなくだけれど思い浮かぶ。

あのとき、お墓というのは死者の家なのだとしみじみ思った。鹿児島の墓地に眠っている人たちは、豊かに咲き誇る花々の気配を感じて、家のなかで、きっと微笑んでいるだろう。

旅ドロップ

14

コーヒータイム

コーヒージョイという名前のお菓子があって、その名の通りコーヒー味の——そしてコーヒーにとてもよく合う——その薄焼きのビスケットが私は好きで、たいてい何箱か常備している。箱にはカップに入ったコーヒーと、ビスケットとコーヒー豆の写真が印刷されている。表面に砂糖の散った、その褐色のビスケットはほんとうに薄く、嚙む（というか、前歯ではさむ）と、薄氷を踏んだときのようにぱりんと割れる。このお菓子はインドネシア製で（Coffee Joy と大きな文字で印刷された商品名の下には、Ko-phi-choi という小さな文字もあり、たぶんインドネシア語ではそう発音するのだろう）、だから私はこのお菓子をたべるとき、いつもインドネシアという国のことを想像する。

暑い国だろう。海があり、寺院がある。葉肉の厚い植物が、旺盛に茂っている。ココナツなんかも実るだろう。でも街なかは繁華で、人も車も多く、バイクや自転車はもっと多い。象も歩いている（ほんとか？）。果物やアイスキャンディや、肉の串焼きの屋台がならんでいる。その国の少女はみんな恥かしがり屋で、少年はみんなすばしこい。

事実かどうかはともかく、そんなふうに想像しながらそのお菓子をたべているのだが、つい最近、箱に絵が描かれていることを発見した。コーヒーとビスケットとコーヒー豆の写真が目立つので、そのうしろにぼんやり描かれた風景に、それまで気づかなかったのだ。それはヨーロッパ風の街なみと橋、それにゴンドラに乗っている男女の絵で、そばにItalian Momentという手書き風の文字が添えられており、イタリアンモーメント！と、驚きのあまり私はつい声にだしてしまった。そして思った。日本のスーパーマーケットでこのお菓子を買った私は、インドネシアに思いを馳せつつそれをたべているわけだが、インドネシアの人たちは、イタリアに思いを馳せつつこれをたべているのか！

ゴンドラがあるということは、ヴェニスなのだろう。その街に私は行ったことがないが、〝旅情〟という映画のなかのそこは、色のやわらかい、美しい街だった。〝ベニスに死す〟にでてきた夜の水面は妖艶だった。ゴンドラの船頭というものは、ほんとうにみんな歌うのだろうか。しましまのシャツを着て？

インドネシアに思いを馳せつつイタリアにも思いを馳せる、忙しいコーヒータイムなのだった。

旅ドロップ

15

旅先の雨

長旅のなかの一日ならともかく、短い旅の場合、雨は基本的に歓迎できない。傘を持ち歩くのがわずらわしいし、靴が濡れて傷《いた》むし、風景がかすんで遠くまで見えないし、乗り物のなかが湿気で不快な匂いになっていたりもするし。

でも例外があり、それは温泉旅行の場合だ。露天風呂につかりながら眺める雨は最高だと思う。外は雨、でもお湯のなかはあたたか。洗濯物の心配も、夕食のための買物に行く必要もない。目の前の山は木々が濡れていい匂いを放ち、緑が冴え冴えしている。ゴクラク。雨の日に入るお湯は晴れた日に入るお湯よりやわらかく、肌にしっとりなじむ気がするし、湯殿全体の仄暗さも心を落着かせてくれる。それに、釣やゴルフをする人とは違って、お風呂と食事以外にそこで私がすることといえば、本を読むこととマッサージを受けることだけで、どちらの場合も雨でも構わない、というより、雨音が好ましいBGMになる。

箱根に気に入りの温泉宿があり、夫とときどきでかけるのだが、去年、そこで台風に遭遇した。気持ちがいいほどの土砂降りで、見ているだけで、眼球のみならず内臓まで洗われるようだった。不穏な風に木々がごうごうと揺れ、ときどき稲妻が光った。でも私たちは安全！　部屋から一歩もでる必要がないのだ。私はお風呂に入ったりでたりしながら、その大雨を愉しんだ。

翌朝、チェックアウトの時間になっても雨は激しく降り続いていた。私と夫はバス停に立ち、箱根湯本まで行くいつものバスを待った。道路は川になっていた。傘を打つ雨の音が大きすぎて、怒鳴らなければ互いの声も聞こえなかった。傘をさしていてもずぶ濡れなので、そのうち夫は傘をたたんでしまった。待っても待ってもバスは来ず、道路を流れる水は私の足首までの深さになった。人影がまるでなく、私は自分たちが地球で最後の二人になった気がした。仕方なく宿に戻ると、宿の人がタオルとお茶をだしてくれた。バスも電車も止まっていることが判明し、タクシーも、道路の水がひくまでは山を登ってこられないことがわかった。が、私は不思議と愉快な気持ちだった。雨、もっと降れ、と思っていた。夫も私も翌日には仕事があり、延泊はできないこともわかっていたし、どうすればいいのか見当もつかなかったが、それでも愉快だった。雨、もっと降れ。不安そうな顔つきの夫の横で、そう思っていた。

旅ドロップ

16

長崎の夜

数年前に長崎で、喫茶店も居酒屋も兼ねているらしいその小さなスナックに入ったのはたまたまだった。対談と会食を終え、ホテルに戻る前に一杯だけのもうと、東京から同行してくれていた編集者と二人で店に入ると、そこに三人の若者がいた（最初は二人かと思ったのだが、それは一人が酔いつぶれて小あがりの座敷で寝ていたからだ）。「僕のことを憶えていますかっ？」若者の一人が直立不動の姿勢でそう尋ね、一瞬のまのあとで、中年のマスターが、「憶えとるよお、お前かあ」とこたえているところで、何やら感動的な再会の場面に闖入《ちんにゅう》してしまったらしかった。「いいですか？」とおそるおそる訊いてカウンター席に坐ると、「この子らは近所の子供らだったとですよ」と、マスターが説明してくれた。なんでも、マスターは昔から子供たちに挨拶を奨励していたのだそうで、店の前を通る子にはみんな挨拶をさせ、マスターの方でも、「部活がんばれよ」とか「急がんと遅刻やぞ」とか、声をかけていたという。「なかでもこいつはほんとにきちんと挨拶をする子やったとですよ。こげーん小さかときからですね、大きか声で、毎日、ここを通るたびに」と、やわらかな口調で言って、マスターは目を細めた。感動的な場面に不慣れな私は動揺し、「まあ。まあ。そんなに小さな子がこんなに立派になって」と、いきなり親戚のおばさん状態になった。当時の思い出話が続々と披露され、寝ていた若者も目をさまして加わり、三人のうちの二人が兄弟だということや、もう一人が二十一歳にしてパパになろうとしていることなどがあかされ、私は「まあ。まあ」を連発し、みんなで何度も乾杯をした。私と編集者と若者三人の他に客はいず、そのうちにマスターがギターを手にして歌い始めた。きれいな声で、とても上手い。さすが長崎と言うべきか、一曲目も二曲目も三曲目も四曲目も（以下略）さだまさし。なつかしいメロディに、親戚のおばさんもついいっしょになって口ずさみ、事態はますます混迷の一途をたどった。「こんなに大きくなって」「パパになるなんて」「まあ。まあ」ディープな夜がふけていき、もう何を祝っているのか何に乾杯しているのかわからなくなった。

店をでる私たちを、三人の若者とマスターはわざわざ外にでて見送ってくれた（挨拶奨励の成果か）。

一度しか会ったことのない人たちなのに、彼らはいまどうしているだろうかとときどき思う。遠い親戚のおばさんみたいに。

旅ドロップ

17

決意している

先週、天売島《てうりとう》に行った。三時間あれば外周をぐるりと歩いて回れるくらい小さな島で、北海道にある。その島に夏だけやってくる鳥を見たくてでかけた旅で、雛のために魚をくわえて戻ってくるウトウの大群も、水面から飛び立つときに助走をつける（ほんとうに、二本の脚で水の上を走る）ケイマフリも、清楚で可憐な佇《たたずま》いと、立派な暮しぶりを垣間見せてくれた。一頭だけだったがアザラシも出現し、まるで水のなかに小さな子供がぽつんと立っているような、その姿は印象的だった。他にも目を瞠《みは》るものがいろいろあって（たとえば植物。野放図に育ち、フキもアザミもクローバーも巨大）、非日常感いっぱいの豊かな旅だったのだけれど、途中で、私の歯が一本抜けた。抜けたのは右下の奥歯で、何の前ぶれもなく、ふいにぽろんと、飴玉みたいに口のなかに転がった。

　私の歯は、旅先でよく抜ける。どうしてだかわからない。

　イギリスの田舎町で、雪の日にいきなり歯が抜けたのは、まだ二十代のころだった。そのときはテレビの紀行番組の仕事中で、抜けたのが前歯だったので困った。前歯のない顔では、話すわけにも笑うわけにもいかない。撮影は急遽《きゅうきょ》中断され、ロケバスでホテルに戻った私は歯医者さんに駆け込んだ。「どうしましたか?」と女医さんに尋ねられ、説明しようとして、咄嗟《とっさ》に、歯という英単語の単数形がtoothだったかteethだったかわからなくなり、黙りこんだことを憶えている。結局、抜けた歯を握りしめていた手をひらいて、「これ、を戻してもらえますか?」と言ったのだが、そのときの女医さんの一瞬怯んだ表情と、それでも見事に応急処置をしてくれた腕前は忘れられない。

暑い夏の日の山形でも、歯が抜けたことがある。夫の両親と食事をしているさなかだったので、心配させてはいけないと思い、「大丈夫です。私、旅先でよく歯が抜けるんです」と言ってみたのだが、黙ってうつむいているべきだったのかもしれない。そのときも、抜けたのは前歯だったから。

乳歯だった子供のころはべつだけれど、大人になって以降、自宅で歯が抜けたことは一度もない。それが起こるのは、なぜだか常に旅先なのだ。次はどこで抜けるかたのしみ、なわけは勿論ないが、いつどこで抜けても慌てず騒がず、歯なんて百本も持っているみたいに対処しよう、と決意している。

旅ドロップ

18

かれいひのこと

昔、古典の授業で読んだ文章のなかに、こういうのがあった。「かれいひのうへになみだおとしてほとびにけり」

かれいひは、漢字で書くと乾飯。「干した飯。旅行の際に携えた」と、手元の辞書にはある。授業で読んだ文章は、こんな感じの場面だった。主人公の男性が旅にでて、淋しくなって涙をこぼす。ちょうどお弁当をひろげたところで（いや、もしかすると、ひろげたお弁当を見て、ふいに故郷や家族が恋しくなったのかもしれないが）、かれいひの上に、その涙がぽたぽたと落ちる。すると、干したごはんが普通のごはんに戻った。

高校の教室でそれを読んだ私は驚いてしまった。干したごはんが戻るほどの涙って、このひとどれだけ泣いたのだろう、と思った。でも同時に、なんて切ない、とも思った。それで、とても印象に残っている。

私はかれいひというものを一度もたべたことがないが、文章の方は、いまでも折にふれて思いだす。どんな折かといえば、おもに控え室でお弁当をたべる折。

地方に講演に行くと、講師にはたいてい控え室が与えられる。市民ホールとか文化会館とかの控え室はどこも似ていて、文字盤の見やすい時計と鏡が必ずある。テーブルとパイプ椅子も。ポットと湯呑みとこまごましたお菓子が置いてあり、湯呑みは藍色地に白の水玉のやつか、白地に淡い色の花柄のやつで、どちらの場合も形はまるい。そういう控え室にお弁当が用意されている。とくに空腹ではなくても、待っているあいだ他にすることもないのでそれをたべるのだが、講演前に一人で控え室でたべるお弁当というのが（お弁当の中身には関係なく）、実になんとも侘《わび》しいのだ。白々とした蛍光灯の光のせいかもしれない。見知らぬ街にいる実感が、肌で感じられる。心細いので、「これ何だろう、あ、トリ肉か」とか、「山菜だ、春ですねえ」とか、つい声にだして呟いてしまって、その自分の声を聞くとなおさら孤独な気持ちになる。

そういうときに、いつもあの文章を思いだし、今度はうかつに声にだしてしまわないように気をつけて、心のなかで唱える。

かれいひのうへになみだおとしてほとびにけり

と、呪文みたいに。そうすると、なんだかユーモラスな気持ちになって、淋しさではなく自由を感じられる。たとえ、それがおなじものだとしても。

旅ドロップ

19

スドクのこと

オスロに行ったのは、たぶん十年くらい前のことだ。旅の途中で、出版社に寄った。案内役のアリルドという名の男性編集者が、日本の作家では、誰それとか、誰それとかの本をだしているが、いちばん売れているのは、何と言ってもスドクだ、と言った。そんな名前の作家も、そんなタイトルの本も知らなかった私は、誰？　何？　と、何度も訊き返してしまった。私がそれを知らないことに、アリルドは心から驚いたようだった。世界じゅうで売れているし、日本人はみんなスドクに夢中なのかと思っていた、と言いながら、本棚のところに行き、これだよ、と、実物を一冊とりだして見せてくれた。

それはパズルの本だった。クロスワードと似ていたが、枡目のなかに、文字ではなく数字が入っていた。数独というものだと、いまでは私も知っている。が、そのときは知らなかったので、何の変哲もなさそうに見えるそのパズルの本が、誰それさんとか誰それさん（両方とも、とても有名な作家の名前だった）の本より売れているということに驚愕した。

その後しばらく経ち、九州だったか北海道だったかにでかけたとき、飛行機の座席の前にささっていた雑誌のなかに、そのパズルが一問だけ載っていた。スドクだ、と思った私は、なぜだかやってみる気になった。パズルというものにそもそも興味がなく、数学どころか算数も苦手なのに。

まんまと熱中した。その一問を解き終えたときには飛行機は着陸間際で、つまり私は時間を忘れて没頭していたのだった。しかも、奇妙な達成感があった。散らかっていた部屋のなかを、隅々まで完璧に片づけた（そんなことができたためしはないが）かのようなそれは達成感で、ささやかだが非常に気持ちがよく、以来、数独にすっぽりはまっている。

もう何十冊解いただろう。はじめは旅先でのみだったのだが、そのうちに自宅でも手をだすようになった。

時間を忘れてしまえるというのは危険なことだ。なにしろ、飛行機や列車を待っているときのような、どこにも属さない時間がたちまち出現する。あたかも一仕事終えたかのような、奇妙だが気持ちのいい達成感も。

で、何が起るかというと……。

私の埋めなくてはならない枡目は他にあるのに、その枡目には正解がなく、だからつい、深夜の仕事部屋で、正解のある方の枡目に数字を埋めてしまう。

旅ドロップ

20

ローマのケニア

四年前、私と妹はケニアに行くはずだった。友人の主催する私設ツアーがあり、話を聞いて何年も憧れていたその旅——水浴びするカバを見たり、しまうまの群れや空いちめんを覆いつくすピンク色のフラミンゴを見たりして、シャワーつきのテントで眠るという——に初参加する予定になっていた。双眼鏡も液状虫よけ剤も準備し、必要な予防注射も済ませて黄色い証明書をもらってもいた。

旅行が中止になったのは出発の前日だった。ケニアの空港で大規模な火災が発生し、空港が全面的に封鎖されてしまったのだ。びっくりした。なにしろ出発の前日——。仕方がないとは思うものの、残念だった。姉と違って真面目に会社づとめをしている妹は、そんなに長い休みを普段まずとれない。

そのときは、勤続何十年とかで特別に休みがとれたのだった。これは、なんとしても、かわりにどこかに行かなくては、と私は思った。

ローマ行きの航空券が買えたので、まったく唐突に、ケニアではなくローマに向けて旅立った。

八月のローマはバカンス休眠状態で、閉まっているお店が多く、買物にも食べる喜びにも向かないことがわかったが、街はあいかわらず美しく、私たちはその街をひたすら歩きまわった。ゆったりと流れるテヴェレ川に、日ざしが反射してまぶしかった。

毎日ただ歩きまわっているうちに、Zooと書かれた案内板を見つけた。ゾーオ、と発音することなど知るはずもなく、「ズーだ。ズーがあるよ」と盛りあがった私たちは、案内板の示すとおりに、街のはずれの大きな公園のなかに入った。〝ゾーオ〟は山の上にあり、およそ日陰というもののない道を蜿々《えんえん》と登り続けることになった。日に焙《あぶ》られて、ともかく暑く、根性なしの私は途中で引き返しそうになった。が、意志強固な妹が、それを許すはずもない。ようやく頂上についたときには、私は息もたえだえだった。

動物園に入ると、妹は順路を無視してまっすぐ、〝アフリカエリア〟に向った。そのエリアは入口から遠く、私はまたしてもへろへろになったが、そこにはしまうまがいた。カバも。ライオンも。たぶんアフリカを見たことのないまま、ローマで生きているアフリカの動物たち――。

夕方になっていた。私たちはながい時間そこにいた。二人ともダチョウがとくに気に入って、ダチョウの写真を何枚も撮った。

旅ドロップ

21

みたいなもの

はじめて外国みたいな場所に行ったのは、小学校の三年生か四年生のときだった。連れて行ってくれたのは父で、場所は新宿だった。あのころ、タカノビルの上階にワールドレストランというものがあり、さまざまな国の料理がたべられた。ワンフロアをまるごと使ったガラスばりの広い空間に、幾つものカウンターやブースがあって、それぞれの国らしい装飾がされていた。いまで言うフードコートだが、そんな言葉のなかった当時、私はその光景に驚愕した。インド料理のブースにはインド人の料理人がいて、イタリア料理のブースにはイタリア人の料理人がいた。私は彼らの風貌が日本人と全然違うことにまず度肝を抜かれ、彼らの話す流暢《りゅうちょう》な日本語が、日本語なのに不思議な、どこか音楽みたいな響きを持つことにまた驚いた。

好きな店を選んでいいと言われたとき、頭も心もばらばらになりそうなほど迷ったことを憶えている。心を決められないまま、父と手をつないでフロアじゅうをぐるぐる見てまわった。どのブースからも、それまでかいだことのない匂いが溢れるように漂っていて、あの日、私がいちばん感銘を受けたのは、たぶんその匂いだったと思う。子供にとっては、いい匂いばかりではなかった。スパイスという言葉もハーブという言葉も知らず、羊肉も辛いものもたべたことがなく、それぞれの国がどこにあるのかも知らないままかいだそれらの、複雑で独特で圧倒的な匂い。

外国の匂い！

外国に行ったことなどないのに、そう思った。

その日、イタリアとインドをはしごして大満足した私は（どちらの料理も当時としては本格的で、ピザを焼く大きな窯《かま》があり、ナンもそこで焼いていた。ナンなんて、私はそれまで見たことも聞いたこともなかった。職人がピザ生地を薄くのばして空中に放るさまは、まるで曲芸みたいだった）、ワールドレストランにすっかりのぼせあがった。

それで、後日、またワールドレストランに行きたいと言ってみたところ、父は眉間《みけん》にしわを寄せ、何かをねだるのは行儀の悪いふるまいだと言った。誇りがあれば、人に何かをねだったりできないはずだ、とこんこんと諭《さと》されたので、私はしょげ、ワールドレストランという言葉を二度と口にだせなかった。

それでもあの日のできごとは、私にとって輝かしいまでの、めくるめく外国（みたいなもの）の思い出になっている。

旅ドロップ

22

乗り継ぎのこと、あるいはフランクフルトの空港の思い出

フランクフルトの街に、私は一度しか行ったことがない。でもフランクフルトの空港には、乗り継ぎのために随分たびたび行っている。行ったことのある空港のなかで、フランクフルトの空港が私はいちばん好きだ。大きくて気持ちがいいし、カフェもお店もたくさんあって愉しい。構造も表示も機能的で、迷子になりにくいのも嬉しい。でも、それだけじゃなく、乗り継ぎのための時間というものが、そもそも私は好きなのだろう。それは出発地でも目的地でもない場所であり、出発前でも到着後でもない時間だ。その中間のどこかに、ぽっかり出現する時空間、しかも外国。乗り継ぎの空港にいるとき、私は自分を、そこにいるのにいないもののように感じる。座敷わらしみたいに。そして、どこにでも行かれると感じる。その気になれば、目的地以外の場所にだって行かれるのだと。

前回フランクフルトの空港で乗り継ぎをしたときには、ニューススタンドで売っていた葉書に一目惚れをして買った。見事なビール腹の男性が四人、一列にならんで、晴れた戸外で上半身裸で壜ビールをのみ干している写真の葉書で、すぐさまそれを使って妹に便りを書いた。いまフランクフルトにいます、と、あたかも滞在しているかのように。

その前のときには、航空会社の大規模なストライキとちょうどぶつかってしまい、てんやわんやだったけれどそれはそれで空港を満喫でき、おもしろかった。

フランクフルトの空港には思い出がたくさんある。ずっと昔のことだが、ある女性とほんとうに悲しい別れ方をしたのがこの空港だったし、ある男性と、どちらがビールのお金を払うかをめぐって（ちっとも悲しくない、でも色っぽくもない）喧嘩をしたのもこの空港だった。アクセサリー屋さんと間違えて性具屋さんに入ってしまい、そのことに気づかず店員さんにきらきらした商品をケースからだしてもらったり、何か質問したりした、という、思いだすだに恥かしい経験もここでした（何も買っていません）。

それから――ハーマンズという名前の、空港内に屋台をだしているホットドッグ屋さんのロゴが私は好きで（犬が長いソーセージをくわえて走っている図柄）、そこの紙ナプキンは、いまも仕事机の前の壁に貼ってある。

乗り継ぎは、もしかすると旅以上に旅っぽい。

旅ドロップ

23

ナッシュヴィルのアイスクリーム

テネシー州のナッシュヴィルに行ったとき、ファーマーズ・マーケットのなかにアイスクリーム屋さんがあった。トローネとか、バーボン・ソルティド・ペカンとか、スイートコーン・スプーン・ブレッドとか、ワイルドベリー・ラヴェンダーとか、知らないフレーバーのものがたくさんならんでいたので、アイスクリーム好きの私は心が躍った。

「こんなアイスクリームははじめて見るわ」

それでそう言ったのだが、英語力不足だった。大きな眼鏡をかけた、若くかわいらしい（おそらく学生アルバイトだと思われる）店員さんに、

「一度も見たことがない？　あなた、どこから来たの？　アイスクリームっていうのは、クリームで、甘くて、とてもつめたいのよ」

と言われた。彼女の口調にも表情にも、心からの驚きと真面目な親切心が滲みでていた。

「ちがうちがう。私が言ったのはフレーバーの種類のことで、アイスクリームはもちろん知ってるわ」

慌てて訂正したが、それでも彼女の私への評価——アイスクリームを珍しがるような、どこか遠い、異文化の土地から来た女——は揺らがず、「大丈夫よ」と言いながら（横で私はぼそぼそと、「もちろん私は大丈夫よ」と言ったがそれにはとりあわず）、もういらない、と思うほど次々にアイスクリームを試食させてくれた。そして、そうしながら自分のことを話し始めた。テネシー生れのテネシー育ちで他の州にはほとんど行ったことがない。けれど一度だけニューヨークに行ったことがあり、ニューヨークはここと何もかもが違っていて、人が多くお店も多く、にぎやかで刺激的で驚きに満ちていた（それらを、思いだすだけで興奮すると言わんばかりに、彼女は目を輝かせて私に説明した）けれども、そこにいるあいだじゅう孤独だった。自分が場違いであるような気がして心細かった。生れ育った場所を離れるのがどんなに不安で困難なことか、だから自分にはわかる。そんなふうに言った。

つまり彼女は私をなぐさめようとしてくれていたのだ。自分の母親以上にも年の離れた、ろくにアイスクリームも知らない（らしい）東洋人の女を。

私は何も言えなかった。嘘をついたわけではないが、嘘をついたような気持ちだった。アイスクリームはたしかに甘く、つめたかった。

旅ドロップ

24

三十分間の旅

人にはそれぞれホームグラウンドとも呼ぶべき思い入れのあるデパートがあるのではないかと思う。子供のころからデパートといえばここだった、という場合もあるだろうし、いろいろ行ってみたがここがいちばん性に合う、とわかった場合もあるだろう。自宅や職場から近いので、いつのまにかここばかり利用するようになった、という場合もあるかもしれない。

私にもそれがあり、そこへの偏愛と信頼は揺るぎないのだが、つい最近、たまたま（たぶん十数年ぶりに）他のデパートに足を踏み入れて、ホームグラウンドではないデパートに行くことは旅とおなじだ、という、我ながらにわかには信じ難い発見をした。

なにしろ、まるで勝手がわからないのだ。エスカレーターがどこにあるのか、レジがどこにあるのか、どんなお店が入っていて、どういうレイアウトになっているのか。よく知っている街のよく知っている建物なのに、内部はとてもよそよそしい。ルールが違うという感じ。私はそこに三十分いただけなのだが、たった三十分でも、なんとなく心細かった。土曜日の夕方で、混雑しており、他の買い物客はみんなここがホームであるように（根拠はないが）見え、侵入者としては肩身が狭く、いや、しかし怯むものか……と気をひきしめた。その緊張感には憶えがあって、旅先のそれだ、と思いあたった。目に入るものがいちいち珍しく、好奇心をそそられるのに、あまりきょろきょろしてはみっともない、と自分を戒《いまし》めるところも、無闇に迎合するまいとして、ややもすると批判的になりかねないところも、自分がその場に不馴れなことを悟られたくない気持ちも、だからといって馴染むことはできないし、馴染むわけにはいかないのだという奇妙な気持ちも。

私がそこで買おうとしたのは野菜だった（肉も魚も家に冷凍してあるので、もしここで野菜さえ買っておければ、翌日買物に行かなくて済む、というきわめて怠惰な理由からデパートに入った）ので、それがあると表示されている地下三階に降りた。数種類の野菜を選び、ふと見ると、そばに、〝茎わかめを刻んで山椒といっしょに炊いた〟という佃煮があり、それも買った（旅先で、私はよく衝動買いをする）。佃煮には、「ほたるこ」という不思議な名前がついていた。なぜ「ほたるこ」なのかわからなかったが、翌朝お粥とたべたそれは、妙においしかった。

旅ドロップ

25

年中眺めていたかった版画のこと

それは緑色を基調にした版画で、黒と茶色の線の渋さが際立っていた。裸の男女が描かれているのだが、愛情よりも哀しみが伝わってきた。だから一見淋しいのだが、絵のどこかに独特な温かみがあり、それがなんともシックで、見れば見るほどいいのだった。絵の雰囲気から、私は最初、秋か冬を連想したが、次第に夏の絵のように思え始め、しまいには、春の絵に違いない気もした。年中眺めていたい絵。でもやっぱり晩秋から初冬にかけてがいちばんしっくりくる。いや、夏がいちばん似合う。春ほどではないけれど。そんなことをぐるぐると考え、私はそこに一時間ほどもいただろうか。場所はパリで、セーヌ川ぞいの画廊だった。

絵を買うのは勇気のいることだ。自分がその絵にふさわしいかどうか心配になる。その絵にふさわしい場所を与えられるのかどうかも。動物を飼うのと似た責任を感じる。しかも、絵は動物と違って死んだりしないので、私が買っても、それは私が死ぬまで（あるいは手放すまで）あずかっているに過ぎない。

滞在最終日だったが、翌日の飛行機は夕方遅い便だったので、まだ時間はあった。私は店主に、一晩考えたいので一日だけその絵を売らないでほしいと頼んだ。店主は、絶対に売らないからゆっくり考えなさいと言ってくれた。画廊をでたときには、でももう心は決まっていたのだと思う。夕暮れの道をホテルまで歩いて戻りながら、当時仕事場として借りたばかりだったマンションの、あの位置かあの位置、と、それを掛ける場所について考えていたのだから。

開店時間ぴったりに画廊につくように、翌朝私はホテルをでた。画廊までは、歩いて二十分か三十分の距離だった。

ところが——。歩いても歩いても見つからない。川ぞいなので迷うはずがないのに、おなじ道を何度往復しても見つからない。画廊のならびにあったレストランも見つからなかったので、画廊が忽然と消えてしまったわけではなく、単に自分が見当違いの場所を歩いているのだとわかった。でも、どこでどう間違ったのだろう。最初のうちこそ落着いて探そうなどと思っていたが、闇雲に歩きまわって一時間もたつと叫びだしそうになった。二時間たつころには自分が街のどのへんにいるのかもわからなくなっていた。あのときほど自分の方向音痴を呪ったことはない。飛行機の時間が迫り、私は泣く泣くタクシーを拾って、ホテルに荷物を取りに戻った。

二十年たったいまでもまだ、あの版画をときどき思いだす。

旅ドロップ

26

ポケットから出現するもの

ときどき、夫が背広のポケットにお菓子を入れて帰ってくる。おまんじゅう、チョコレート、クッキー、パイ、おせんべい——。お菓子は多種多様で、たいていの場合、個包装されている。が、されていない餅菓子とか焼菓子とかがティッシュにくるまれて入っていることもたまにあり、ポケットのなかでぺたんこになっていたり、粉々になっていたりするそれらはかなりシュールだ。

子供のころ、友達の誕生日パーティに招かれると、多くの場合、テーブルにお菓子が置いてあった。装飾的な器(白鳥形だったりする)やカゴに入れられたそれは、なぜかたべ尽されるということがなく、かわいらしい紙ナプキンなどに包んで、帰りがけに持たせてもらったものだった。夫のポケットからお菓子がでてくると、私はそんなことを思いだす。「これ、どうしたの」と訊いても、元来無口な夫は「もらった」としかこたえず、「誰に」と訊いても「わからない」とか「会社の人」とかとしかこたえないのだが、それらが誰かの旅行土産であるらしいことは想像がつく。ゴールデンウィークとかお盆とか年末年始とか、長い休みのあとともなると、両方のポケットをいっぱいにして帰ってくる。

どなたからのお土産なのか、私にはわからない。でも、夫のポケットからちんすこうがでてくると、あ、誰か沖縄に行ったのね、と思い、白い恋人やロイズのお菓子がでてくれば、北海道に行ったのねと思う。明太子味のものなら博多だろうと想像し、たこやき味なら大阪で、レモン味なら広島だろうと想像する。南部せんべいなら岩手に行ったのだとわかるし、坂角《ばんかく》のえびせんべいなら名古屋だとわかる。知らないお菓子の場合でも、製造元の表示を見れば、岐阜だわ、とか、宮崎なのね、とか判明する。ハワイとかカナダとか韓国とかスペインとか、外国のお菓子の場合もある。

夫のポケットから忽然と出現するそれらのお菓子をたべながら、顔も名前も知らない人たちの、幾つもの旅を私は想像する。出張かしら帰省かしら新婚旅行かしら。いい旅だったかしらおいしいものをたべたのかしら、親孝行をしたのかしら。スキーかしら山登りかしらサッカー観戦かしら。いずれにしても、お土産があるということはその人たちは無事に旅を終え、会社にでてきているわけで、子供のころの誕生日会を彷彿《ほうふつ》とさせるお菓子の小山を前にして、私はしみじみしてしまう。人は、実にいろいろなところに移動するものである。

旅ドロップ

27

動物たち

去年、北海道の美深《びぶか》という街で、キタキツネを見た。ときどき霙《みぞれ》の降る寒い曇り日で、廃線になった線路わきの枯れ草のしげみに、それは一匹だけでいた。私は停めたレンタカーのなかに坐っていたのだが、通りがかりにふと脚を止めた、という風情でキタキツネは静止し、フロントガラスごしにじっとこちらを見ていた。思慮深そうな、野生の顔つきをしていた。色のない冬の外気と枯れ草にふさわしい、硬そうな毛なみだった。数分後に車を動かすまでずっと、キタキツネはその場を動かず、車から目を離さなかった。怯えているふうではなかったが、安心しているふうでもまたなく、警戒心と好奇心のあいだのどこかで、たぶん測っていたのだと思う、いつ逃げるべきかを。

五、六年前には熊本の天草で、イルカを見た。息をのむかわいらしさだった。私は小型船に乗っていた。野生のイルカたちが船のことを何だと思っているのかはわからないが、四方からまわりに集まってきて、並走するように泳いでくれた。跳ねたり宙返りしたりするイルカもいれば、静かに悠々と泳ぐイルカもいた。互いにぴったり寄り添って泳ぐ親子のイルカも。どれも肌（というのだろうか。皮？）がぴかぴかしていて美しく、お天気のいい日だったので、海面もイルカたちもまぶしかった。

さらにもっと前のことだが、ブエノスアイレスではのら犬をたくさん見た。おとなしく賢い犬たちで、それぞれが街の一部になっていた。なにしろ、ちゃんと信号を待って道を渡るのだ。信号そのものを見ているわけではなく、周りの人間の動きで判断しているようだった。うす茶色の犬、白い犬、黒い犬、オオカミみたいに大きな犬。いろいろな犬がいた。

のら犬たちは、リードのついた飼い犬とすれちがうとき、みんな遠慮深く道の端によける。飼い犬に吠え立てられれば、それがどんなに小さな（おまけに生意気な）犬で、自分がどんなに大きな犬でも身を小さくしてひきさがる。万が一にも飼い犬に怪我でもさせたらどんな目に遭うかわかっているのだ。いかんともし難いことながら、それは切ない光景だった。私はのら犬たちをほめたたえたかった。みんな立派で気高いと言いたかった。無事に生き抜いてほしいと願うしかなかった。

旅先で出会った人たちのことは時と共に忘れてしまうのに、どうしてだろう、動物たちのことは忘れられない。

がんばれ永明

友人たちと南紀白浜に行った。私にとってははじめての和歌山県で、見るもの聞くものたべるもののいちいちが珍しく、おもしろかった。海と山が両方間近にある和歌山県は、ほんとうに豊かな土地だ。地下洞窟の気温の低さと水流の激しさには目を瞠《みは》ったし、ひろめ（別名ひとはめ）という海草のおいしさや、直売所でのんだみかんジュースの新鮮さも忘れられない。

旅の目的はパンダを見ることだったので、ついてすぐにアドベンチャーワールドに行った。終日小雨の降る日だったが、そんなことで怯む私たちではない。すいている園内を、〝パンダラブ〟という名前のパンダ舎に向ってつき進んだ。

私はそれまで一度もパンダというものを見たことがなかったのだが、想像以上のかわいらしさだった。まるまる、むくむく、ふかふかしたそれが何頭もいて、器用に木に登ったり、ばりばりと音を立てて荒々しく笹をかじったり、あられもない恰好で無防備に寝たりしていた。私たちは立ちつくして見入り、写真を撮ったり撮らずに心に刻んだり、ぶつぶつ話しかけたりと、それぞれのやり方で彼らの姿をいとおしんだ。

そばにパンダたちの家系図があった。それを見た友人の一人が、

「永明《エイメイ》すごい」

と、感に堪えた声をだした。永明というのは雄のパンダの名前で、図によると、そこで生れた十四頭のパンダは全部彼の子供なのだった。

私たちは感心した。パンダの繁殖は難しいと聞く。もちろん施設の人たちの努力の賜《たまもの》ではあるのだろうが、それにしても十四頭——。

永明は、〝パンダラブ〟とは別の場所（その名も〝ブリーディングセンタ

ー〟）にいた。そこにも説明書きがあり、それによると、彼は良浜《ラウヒン》という雌パンダとの交配に、またしても成功したところなのだそうだった。どっしりした寝姿には風格すら感じられた。私たちはまたしばし見惚れた。その場にいた女五人（作家三人、編集者二人、全員五十代）は、みんなたまたま子供がいない。永明を見ながらそれぞれが何を考えていたのかは無論わかりようがないが、私はなんだか納得がいくと考えていた。世のなかには子孫を繁栄させる者もいればさせない者もいるのだ。そして、だから、というわけでもないのだが、がんばれ永明、と思った。

旅ドロップ

29

ロシアの紅茶

ロシアにでかけた。紅茶がとてもおいしかった。三つの都市に行ったのだが、そのどこでのんでもおいしく、だから私は紅茶ばかりのんでいた。ロシアン・ティといえばジャムを入れた紅茶だと思っていたが、滞在中、そういうものは見かけなかった。ミルクティをのんでいる人もほとんど見かけず、私の印象では、茶葉そのものの風味をストレートで愉しむのが主流のようだった。そしてそれが、例外なく濃く熱く、澄んでいて香りがよくおいしいのだった。

とくに忘れられないのは、シベリアの小さな街で、映画館の館長さんに淹《い》れてもらった紅茶だ。おそらく四十代後半と思われる、大柄で、顔が半分ひげにおおわれたその館長さんのお茶の淹れ方はとてもざっくりしていて、まず、そのへんに置かれたマグカップのなかから清潔（そう）なものを見きわめるところから始まる。「これはきれいだ」とか、「これもたぶん大丈夫」とかいちいち声にだすので、私はかなり不安になった。次に彼は、茶葉を直接マグカップに入れ、お湯をそそいだ。大胆。「ティーポットを使うのはめんどうだけれど、ティーバッグじゃ味気ないから」というのが彼のした説明で、「これもどうぞ」と、いつからそこに置いてあるのかわからない、たべかけの（といっても端からスプーンで割り取るので、もちろんかじったわけではない）大きな板状ウエハースもすすめてくれた。

茶葉が底に沈んだままのマグカップに、私はおそるおそる口をつけた。それは濃く熱く、驚くほど素朴においしいお茶だった。私は二度おかわりをした（お湯をつぎ足すだけなので簡単！）。そして、いいことを知ったと思った。というのも、自分で買ったり人にいただいたりした茶葉がうちにはたくさんあるのに、ティーポットを使うのがめんどう、という館長さんとおなじ理由で、普段ついティーバッグの紅茶ばかりのんでいたからだ。ウエハースは、テーブルにだしっぱなしらしいのにまったく湿気ていなかった。厚みがあるので、さくさくというよりざくざくした。気に入って、翌日スーパーマーケットでおなじものを買った。

帰国して、早速紅茶を淹れてみた。が、茶葉がこまかすぎて沈まず、表面にびっしり浮いてしまい、いつまで待ってものめなかった。大きな板状ウエハースは、あけるとたちまち湿気てしまった。どうしてなのか、わからない。

旅ドロップ

30

ロシアの書道

いまの子供たちも、学校で書道を習っているのだろうか。私が子供だったころには毎週書道の授業があり、それのある日は教科書やノートや筆箱といった普段の荷物に加えて、硯《すずり》と墨と筆と文鎮《ぶんちん》と、半紙の下に敷くフェルト布がセットになった、持ち歩くとカタコト音のする、たいていの場合女子が赤で男子が青の外装の、専用の鞄を持って通学した。いまならば私は、こんなに重いものを全部いっぺんには持ち歩けない、と、断固抗議するだろう。が、当時は文句も言わずに（場合によっては体操着や体育館履きまでいっしょに）持っていたのだから、子供というのは立派な生きものだ。

そんな遠いことを思いだしたのは、モスクワで、ロシアの人たちの書道の展示を見たからだ。その人たちは日本文化に興味があり、日本語を学んだり折り紙を折ったり、抹茶を点《た》てたりしているという。

展示自体は、ちょうど小学校の教室のうしろの壁を思いださせる規模と風情で、墨汁を使って書かれた文字が黒々としていた。メインの文字はどれも堂々とした出来映えで、それなのに、小筆を使ってカタカナで左端に書かれたそれぞれの名前――ミハエルとかタチアナとかナタリアとか――が揃って奇妙に弱々しく、遠慮がちでおぼつかなげなのが印象的だった。

メインの文字は、日本語のテキストのなかから好きな言葉を選んで書いたのだそうで、圧倒的に〝愛〟が人気だった。次に〝両親〟と〝日本〟。おなじ言葉がずらりとならんでいた。〝世界〟と〝友人〟も複数あった。〝平和〟も。そして――。それらのなかに、一つだけ、〝大小〟と書かれたものがぽつんとあった。私は立ちどまり、しばらくそこから動けなくなった。なぜ、〝大小〟？

文字の形が気に入ったのだろうか。それとも音の響きが？　あるいは書いた人にとって、何か特別な意味を持つ言葉なのだろうか。わからない。わからないけれど、ともかくその人はそれを選んだのだ。

いいなあ、と思った。いいなあ、〝大小〟。

その日ホテルに帰ってからも、翌日も、その翌日も、私はその言葉を思いだした。旅を終え、日本に帰ってからもたびたび思いだし、大小、と呟く。呟くたびにちょっと笑ってしまう。〝愛〟でもなく、〝両親〟でもなく、〝大小〟を選んだ人に、私はエールを送りたい。

旅ドロップ

31

斜めのコップ

斜めのコップがある。脚のないワイングラスで、円形の底ガラスに直接ついたコップ部分が、三十度くらい傾いている。コック帽をかぶった男性の絵と、Clacier-Expressという文字のついたそのワイングラスは、もう随分前に他界した父の旅先土産だ。スイスの登山列車に乗ったとき、食堂車で使われていたコップだそうで、線路の傾斜とおなじ角度で斜めになっているので、のぼりのときとくだりのときで向きを変えれば、ワインがつねに水平に保たれるというわけだった。おもしろがりだった父はそれを気に入り、車掌さんに頼んで一つ分けてもらったそうで、家に帰ると早速その斜めのコップを家族に見せて、用途を説明してくれた。登山列車になど乗ったこともない私たち家族は話を聞いて、食堂車の様子（どのテーブルにも斜めになったコップが置かれ、赤や白のワインがたっぷり入って水平に保たれている）を想像し、外国の人はしゃれたことをするものだ、と感心した。

が、その後、そのコップが使われたことは一度もなく、旅行土産というものが往々にしてそうであるように、たちまち忘れ去られた。

すこし前にふいに思いだし、探してみると食器棚の奥で埃《ほこり》をかぶっていた。三十年以上、誰にも顧みられずそこにあったことになる。

コップは、洗うと（当然だが）ぴかぴかになり、まったく新品同様で、なんだか奇妙な気持ちがした。ながい時間がたったのに、これを持ち帰った人はとっくにこの世にいないのに、まるでそういうすべてがなかったかのように、コップは変らずぴかぴかなのだ。

赤いワインをついでみた。平らな机に置いても中身は無論水平だが、コップ自体が傾いているので視覚的に不安定で、低い方の縁からいまにもワインがこぼれそうに見える。底ガラスの下に半分だけ本をあてがい、斜めにしたら安定した。わざわざそんなことまでして斜めのコップでワインをのんでいる自分が滑稽に思えたが、元気だったころの父のおもしろがり気質を、ちょっと思いだしたくなったのかもしれない。

誰かが亡くなった場合、その人が生前によく旅をした人だと、残された人たちにはなぐさめになると私は思う。すくなくともたくさんの場所に行き、たくさんのものを見たのだと思える。だから、将来私を見送ってくれる人たちにそう思ってもらうためにもたくさん旅をしたい、と書いたら都合がよすぎるだろうか。

旅ドロップ

32

九州@東京

ゆうべ、〝博多うどん酒場〟という惹句《じゃっく》のついた店に入った。場所は東京都渋谷区。賑やかで活気があり、壁いちめんに品書きが貼られている。おきゅうとかまぼこのバター焼きをつまみにビールをのみながら、私はおお！と思った。おお！東京にいるのに九州に来たみたいだ、と。かまぼこのバター焼きというものを私ははじめてたべたのだが、とてもおいしいものだった。縁がピンクのかまぼこであるところにも、風情を感じた。

改めて店内を見回すと、品書きのなかに興味深いものが幾つも見つかった。たとえば「愛のスコールサワー（限定）400円」。愛のスコール？？？随分情熱的な名前だけれど、一体どういうのみものなのだろう。「宮崎県民の皆様おまたせいたしました！」という言葉が添えられているところを見ると、宮崎ではポピュラーなものなのかもしれない。「ちくわサラダ（サラダではない）」という品書きにも目を吸寄せられた。サラダなのにサラダではない？？「お弁当のヒ◯イといえばこれ」という言葉が添えられていて、謎が謎を呼ぶ。ヒ◯イって？　追加注文した豚串とピーマン串としゅうまい串をたべながら、私の心は謎を解明したい気持ちでいっぱいになり、ヒ◯イ、の◯の部分に、五十音をはじからあてはめてみた。悲哀？　被害？　被災？　翡翠？　額？　肥大？　否定？　疲弊？　悲鳴？　比類？　比例？　卑猥？　どれもお弁当とは結びつかず、意味が通らない。観念して店の人に訊いた。「ヒライです」というのが髪を金色にした若い男性店員さんの返事で、そういう名前のお弁当屋さんが熊本にあり、ちくわサラダはそこが発祥なのだと教えてくれた（ちくわサラダとは、ちくわのなかにポテトサラダを詰めて揚げたものだということも判明）。熊本の人ならみんなすぐにわかるのだろうか。風土というのは実に奥深いものだ。〝博多うどん酒場〟とは言っても宮崎ののみものがのめたり、熊本のたべものがたべられたりするわけで、本場には、きっとこういうお店は存在しないだろう。遊園地みたいな架空の九州。私はすっかり旅先にいる気分になった。

お酒をレモンサワーにきりかえて湯だめうどんを完食すると、全身でおなかがいっぱいになった。ので、最後に注文して確かめようと思っていた謎のデザート「竹下製菓のミルクック」がどういうものなのか、は、いまも謎のままだ。

旅ドロップ

33

脱臭剤の思い出

福井県の永平寺に座禅を組みに行ったのは、二十歳のときだった。お寺という俗世間から離れた場所や、ストイックさという自分に欠落した美質に、興味と憧れを抱いていたのだと思う。十一月で肌寒く、はだしで歩く廊下がつめたかった。お寺のなかの静けさと一日の規則正しさ、徹底した色味のなさを憶えている。宿坊にもお堂にも日が入らないようにしてあるので薄暗く、私物をすべて預けて借り物の修行着を着た私自身もまたモノトーンで、まるで白黒映画のなかにいるようなのだった。

そこでの体験は、私にとって驚きの連続だった。雲水さんたちがみんな、風貌も言動も体育の先生のようだったこと、食事のときの特別な作法（器を洗ってはいけない。薬指と小指は使わずにいただく）、膝をつかずにお尻をあげてする雑巾がけが難しかったこと、読経《どきょう》がたのしかったこと、座禅を組むとくるぶしに痣《あざ》ができること――。

けれど、なんといってもいちばん印象に残っているのはトイレのことだ。学校のトイレを思わせる造りの、広々として清潔なトイレだった。グレーのタイルばりで、がらんとしてひとけがなく、寒々しくもあった。一列にならんだ個室のそれぞれに一つずつ、まるい脱臭剤がぶらさげてあった。けばけばしいピンクや黄色や黄緑色のそれらは、徹底してモノトーンな空間のなかで、感動的なまでに俗っぽく、どこかシュールでいじましく見えた。はじめて目にしたとき、扉のあいた個室の列の前に、大袈裟ではなく私は立ちつくした。あのときの衝撃と親近感は忘れられない。親近感――。脱臭剤に親近感を抱く日が来ようとは思ってもみなかったが、実際、そのけばけばしくまるいものたちは私に似ていた。外の世界から持ち込まれた異物であり、お寺の静かさにも荘厳さにも、全然似合っていなかった。まるで自分を見るようだった。

一つだけ違うのは、私はじきにここをでて外の世界に帰るけれど、このものたちは二度と外にはでられないのだということで、そう思うと私はなんだか敬虔《けいけん》な気持ちになった。目の前にあるその脱臭剤たちが、悲しくも勇敢なものたちに見えた。トイレには小さな窓があり、でもすこししかあかないので外の景色は見えなかった。洗面台の水はつめたく、蛇口はぴかぴかに磨かれていた。

あれが、私のしたはじめての一人旅だった。

旅ドロップ

34

F氏からの手紙

F氏は父の友人だった。仕事の都合でながくアメリカに住んでいて、だから私がアメリカに留学するとき、心配性だった父は娘をよろしく的なことを、F氏に頼んだのだった。そんなことを頼まれて、F氏は迷惑だったと思う。見ず知らずの娘に、どうよろしくすればいいというのか。

でも、ともかくF氏は空港に迎えにきてくれた。その夜、弁慶という名の店で和食をごちそうになったことと、チップの計算のし方を教わったこと、それに、数日後に私がそこから留学先に向うはずの空港の名前を、ラガーディアではなくラグアディアと発音した方がタクシーの運転手に通じやすい、と教わったことを憶えている。のちにわかるのだが、F氏はとてもシャイというか物静かで控えめな性質の人で、私も社交的とはとても言えない娘だったので、この日の会話は随分ぎくしゃくしていたと思う。

その後、ニューヨークという街の魅力にすっかりとりつかれてしまった私は、留学先の田舎町からたびたびそこに遊びに行くようになった。F氏に連絡することもあったがしないこともあり、でも、すればF氏は時間をやりくりして、私の近況報告を聞いてくれた。

一年間の留学を終えて帰国したあとも、私はしょっちゅうニューヨークに行った。行けばF氏に連絡したし、F氏の方でも、一時帰国のときには知らせてくれて、東京で会ったりもした。「なんで俺に連絡がないのにお前に連絡があるんだ？」と父が呟いたとき、私は、F氏が私を友人の娘ではなく友人として認めてくれたみたいで嬉しかった。

でも、それからながい時間が流れ、私は仕事に夢中になったり結婚したりし、F氏も退職されたり引越しされたりし、いつのまにか会うことも連絡をとりあうこともなくなっていた。

たぶん二十年ぶりくらいに、突然F氏からの手紙が届いたとき、だから私は驚きと嬉しさとなつかしさで胸が一杯になったのだが、同時に、どうしていいかわからないほど淋しくもなった。それは短い手紙で、「ワシントンのフィリップコレクション（Qと21の角）で大がかりなボナアル展をやっています。19日までです。見においで下さい」というのが全文で、F氏の記憶のなかの娘なら、すぐに飛んで行ったに違いないのに、そのときの私にはどうしても、そうすることができなかったからだ。自分が身軽でなくなる日がくるなんて、考えてもみなかった。それ以来、大事な試験に落第したような気持ちがし続けている。

旅ドロップ

35

にこやか問題

二晩続けてそのバーに行ったのは、女性バーテンダーが魅力的だったからだ。数年前の、セントルイスでのことだ。彼女は白人で背が高く、髪は茶色で手が大きかった。小さな店だとはいえ道にもテーブルをだしていたし、向うの人は大人数でやってきて、席がなければ立ったまま飲んで帰って行ったりもするので、かなり忙しいはずだが彼女は二晩とも一人で、注文をとりお酒をつくり、お金を受けとりテーブルを拭きグラスを洗い、そうしながら店全体に目を配っていた。そのてきぱきした働きぶりや無駄のない動作、落着いた物腰のすべてが好もしかったのだが、私が目を奪われた彼女の最大の特徴は、笑わないことだった。無愛想というわけではない。客が冗談を言えば、儀礼上かすかに口角を上げるくらいのことはする。が、それはあくまでも形であり、形にすぎないことを、自分にも周りにもあえて示しているかのような態度なのだった。でもその一方で、彼女はとても生気に満ちたいたずらっぽい目と大きな口を持っていて、家族や友人や恋人といるときにはよく笑い、鮮やかな、いっそあけっぴろげといっていいような笑顔を見せる人に違いない、という想像ができた。私は彼女のそんな顔を見てみたいと思い、見ることのできる人たちに嫉妬さえ感じ、ということはこれは、もし私が男性なら恋に堕ちた瞬間ということになるのだろうと思った。誰かの笑顔を見たいと願うのは、とてもプライヴェートなことだからだ。

にこやかというのは、日本の社会のなかで、いいこととされている。子供のころからなぜか笑顔が奨励され、いつもにこにこしていましょうと言われたりする。接客業となればなおのことで、笑顔は必要なものだと、なんとなく刷り込まれてしまっている。私自身も、親しくない人と話すときに、意味なくにこやかになって（ということはつまり、愛想笑いをして）しまうことがある。あなたに対して敵意はありません、友好的にやりたいです、という意思表示のつもりではあるにせよ、恥しいことだったと、セントルイスで彼女に恋をした(?)あとで反省した。

それにしても、世のなかではなぜこうもにこやかがよしとされているのだろう。もしほんとうに〝いつもにこにこ〟している人がいたら、それはかなり不気味だ。笑顔というのはもっとプライヴェートで、ありふれてはいても特別で、輝かしく幸福なもののはずなのだから。

旅ドロップ

36

帰る場所のこと

旅が好きなのに、旅から帰ると嬉しいのはどういうわけだろう。帰れば家は掃除を必要とする状態で、郵便物もメイルもファックスもたまっていて、冷蔵庫が空っぽなので買物に行かなくては料理もできないというのに。

家族に会えるから、というこたえは当たっていない。家族で旅をした場合でも、家に帰れば嬉しいのだから。

旅がたのしかったり充実していたりすると、その旅のさなかに、帰りたくないと思うことはある。帰れば原稿の〆切が待っているとか、掃除その他の雑用に追われるとか、日常生活のあれこれにひそむ、さまざまな理由で。でも、帰りたくない帰りたくないと思いながら旅をした場合でも、家に帰ると嬉しいのだ。全く理屈に合わないことに。

昔、家族で外食したり親戚の家を訪ねたりして、半日くらい家をあけたあと、帰ると母がよく門の前で、

「ああ、よかった、家がまだあって」

と言った。子供だった私は内心、は？ と思っていた。家がまだあるのはあたりまえでしょ、なかったらおかしいじゃないの、としか思えなかった。

でもいまは、母の気持ちがこわいほどわかる。

「ああ、よかった、家がまだあって」

旅から帰って嬉しい気持ちのほとんどは、それに尽きるのではないかと思う。

留守にしているのが半日であれ数日であれ数週間であれ、家がまだあるのは決してあたりまえではないのだ。火事にもならず地震で崩れもせず、車が突込みもせず犯罪者にあがり込まれもせず、ちゃんと家がそこにあることは。

建物だけのことではない。そこに自分の居場所が「まだある」ということ。旅にでて、家から物理的に離れただけじゃなく、一時的にとはいえ気持ちも離し、たぶん一瞬家のことを忘れさえして、それなのに「まだ」帰る場所があるというのは、考えてみれば奇蹟に近い。

九州とか北海道とかアメリカとかヨーロッパとか、旅好きなのでともかくどこかにでかけたくて、実際にくり返しでかけ、見るもの聞くもの会う人たべるもののすべてに心を動かされ、胸も頭もいっぱいにして駅なり空港なりから旅行鞄と共に帰ると、驚くべきことに家はまだそこにあり、しかも、依然としてそこが自分の居場所なのだ。

旅から戻って嬉しいのは、そのことに毎回胸を打たれるからかもしれない。

旅ドロップ

〈番外篇〉

トーマス・クックとドモドッソラ

ドモドッソラ、ドマーニ。

イタリア語と聞いて、まっさきに頭に浮かぶ言葉はその二つだ。ドマーニはあしたという意味だとわかっているからいいのだが、ドモドッソラは、わからない。

「ドマーニ、ドモドッソラ」

テルミニ駅の窓口で、自分がそうくり返したことだけ憶えているのだ。地図とか、旅行者のための会話用辞書とか、メモとか飴とかボールペンとか、片手にごたごたと持って。三月の、汗ばむくらい暖かな、よく晴れた日だった。周囲には、赤ちゃんを抱いた物乞いの女の人がたくさんいた。

切符を買おうとしていたのだから、ドモドッソラというのは駅名だったのだろうか（でも行き先はパレルモだったのだ）。二人分、とか、二枚、という意味だったかもしれない。私は友人と一緒だったから。それとも、片道、という意味だろうか。二等切符、かもしれない。いまでは意味もわからない言葉なのに、記憶に刻み込まれてしまったのだ。

「ドマーニ、ドモドッソラ」

強く言い、それが通じて無事に切符を買えたときの、安堵と嬉しさを憶えている。

考えてみれば贅沢で無謀な旅だった。帰る日も決めず（お金の続く限りいようと思っていた）、泊る場所も決めず（いきあたりばったりの旅こそ、私たちの憧れだった）、言葉もできず、でもともかく可能な限りいろいろな乗り物に乗り、可能な限り遠まわりをして、アフリカ大陸に行こうとしていた。

私とその友人は、十三歳のときに女子校で出会った。どちらも本が好きで外国に憧れていて、ドラマティックなことが好きでおいしいものが好きで、すぐに意気投合した。トーマス・クックの時刻表は、私たちの宝物だった。ひろげて部屋の壁に貼り、「壁のその部分だけ外国みたいだ」と思っていた。いつか二人で世界を見よう。シベリア鉄道にも乗ろう。パリの地下鉄にも乗ろう（「東京の地下鉄は、世界でも他に類をみないくらい入り組んでいるのだから、東京で地下鉄を乗りこなせる私たちは、世界中どこへ行っても地下鉄を乗りこなせるはずよ」というのが彼女の意見で、私はいまでも、外国で地下鉄に乗るたびにその言葉を思い出す）。たくさんの約束をした。

アフリカ行きは、私と彼女のはじめての旅だった。二十歳だった。八年間、待ちに待って、練りに練った計画！

アフリカ大陸には飛行機ではなく船で渡らなくてはいけない、と、私たちは信じていた。パレルモからチュニジアに船がでていることは、無論事前に調べてあった。

そういうわけで、あの日、「ドマーニ、ドモドッソラ」で切符を手に入れた私たちは、翌日、パレルモに向かう列車に乗ったのだった。それは夜行列車だった。私たちは映画少女でもあったので、テルミニ駅といえば「終着駅」、「終着駅」といえばモンゴメリー・クリフト！ と囀《さえず》り合い、小さいことが自慢の荷物を――それでも重いのでちょっとうんざりしつつ――持ち、新聞スタンドや、高い天井や、カフェから漂ってくるコーヒーの匂いといったもののいちいちに、うっとりした。

鉄道の駅くらい旅情をかきたてる場所はない。その後あちこち旅をして、たくさんの乗り物に乗り、私はでもやっぱり列車がいちばん好きだ、と思う。線路、というものがいいのだ。

このときの列車の車掌さんは、おそらく私の「生涯忘れ得ぬ人」の一人だ。

背が低く、ずんぐりした体型で、くたびれたような顔つきで、黒い口髭をはやし、制服を着ていた。私たち二人を子供だと思ったらしく、心配そうにあれこれ訊いてくれるのだが、彼は英語が話せず、私たちはイタリア語が話せなかった。

そして！　私たちは旅のすべてをトーマス・クックの時刻表に基いて判断していて、そのなかの表示——船のマークがついているのだ、列車の時刻表の一部に——を、船に乗り換えるのだとばかり思っていた。パレルモはシチリア島にあるのだし、海の上を列車が走れるわけはないから。

「乗り換えの駅についたら教えていただけませんか」

私たちは英語で、車掌さんに頼んだ。時刻表の船のマークを指さしたり、寝てしまったら気がつかないかもしれないから、という心配を伝えるために、眠るゼスチュアをしてみたりした。

「ナントカカントカ、パレルモ」

彼はイタリア語で言う。でもきみたちはパレルモに行くんだろう？（たぶん）と。私たちの行き先は、切符を見ているので無論知っているのだ。それから寝台を指さして、いいから寝なさい、というようなことを言った。

「でも、乗り換えなきゃ、船に」

私たちは、シップ、シップ、シップと連呼した。でも全く通じない。随分ながく、彼をひきとめてしまった。寝台の二つある、その小さなコンパートメントに。しまいにようやく諦めて、私たちは眠らないことにした。車掌さんが行ってしまうと、持参したサンドイッチを食べた。それからしばらくお喋りをした。

車内アナウンスは一切ないので、いまどのへんにいるのか、は、またしてもトーマス・クック頼みで判断する。

「いまのがたぶん××駅よ」

「じゃあ△△駅はどこに行ったの？」

「さあ。通過しちゃったのかも」

窓外はひたすら黒々としていた。空も地面も、木々のシルエットも。

次第に不安になり、言葉少なになる。小さな子供がするように、片方のベッドにならんで膝立ちになり、窓枠にかじりついて外を見ていた。

そろそろ乗り換え駅についてもいいはずだ（時刻表によれば）、と思ったそのとき、もともと黒かった窓外の景色が、さらにまっ暗になった。何も見えない。

「なに、これ」

「どこ、いま」

私たちは混乱した。

「壁？」

「トンネル？」

「車庫？」

いつでも降りられるようにリュックサックを背負い、私たちは息をつめ、暗闇に目をこらした。

「静かすぎない？」

「すぎる」

「動いてるの？　この列車」

「……たぶん」

「人が降りてる気配とかないよね」

「ない」

どのくらいそうしていただろう。ふいに、彼女が言った。

「わかった！　私たちいま船に乗ったのよ。列車ごと、乗ったの」

「……線路はどうなったの？」

「……線路ごと、乗ったんじゃない？」

「…………」

でも、そのとおりだった。あのマークは、列車を降りて船に乗れ、という意味ではなくて、ここで列車が海を渡るぞ、という意味だったのだ。

安心すると同時にどっと疲れて、私たちは寝台に倒れ込んで眠った。

翌朝、無事にパレルモについた。降り際に、車掌さんは私たちがそれぞれ首からさげていたカメラを指さして、パレルモは物騒な街だから、それはしまえ、と、言った。やはりくたびれたような、困ったような顔をしていた。

【初出】

夜の新幹線はさびしい 「ウフ.」（マガジンハウス）2003年5月号
軽く 「ウフ.」2003年7月号
ウィンダ 「ウフ.」2005年10月号

旅ドロップ①～㊱
「Please プリーズ」（JR九州発行の「旅のライブ情報誌」）
2016年5月号～2019年4月号

トーマス・クックとドモドッソラ
『過ぎゆくもの』（山本容子画集／マガジンハウス）所収 2007年10月

本文中扉・目次デザイン――水戸部 功

―――本書のプロフィール―――

本書は、二〇一九年七月に単行本として小学館より刊行された同名の作品を文庫化したものです。

小学館文庫

旅《たび》ドロップ

江《え》國《くに》香《か》織《おり》

二〇二二年十月十一日　初版第一刷発行

発行人　石川和男
発行所　株式会社　小学館
〒一〇一-八〇〇一
東京都千代田区一ツ橋二-三-一
電話　編集〇三-三二三〇-五一三二
販売〇三-五二八一-三五五五
印刷所――――図書印刷株式会社

この文庫の詳しい内容はインターネットで24時間ご覧になれます。
小学館公式ホームページ　https://www.shogakukan.co.jp

ISBN978-4-09-407186-3